LETTRE

d'un Électeur éligible,

A

M. Henri FONFRÈDE,

En Réponse à son Prospectus du *Journal de Paris*.

———— ୦·୦·୦ ————

PRIX : 75 CENTIMES.

Paris.

CHEZ LES LIBRAIRES DU PALAIS-ROYAL.

——

1837

Lettre d'un Électeur éligible,

A

M. Henri FONFRÈDE.

⸺⸻⸺

Monsieur,

Absent depuis quelque temps de Paris, ce n'est qu'à mon retour que j'ai reçu un numéro de votre *journal de Paris*, à 40 fr., accompagné d'une sorte de profession de foi en manière de prospectus, que je me suis empressé de lire. Ce qui m'y a surtout frappé, c'est que vous y reconnaissez n'être pas infaillible, autrement dit qu'il peut se faire que vous n'ayez pas absolument raison, ce que j'adopte.

Je vous dirai, Monsieur, que ce qui a lieu de surprendre, lorsqu'on vous a lu, c'est de voir qu'après cinquante années, pendant lesquelles la France n'a cessé de réclamer et de combattre pour ses libertés; c'est qu'après 1830, époque où elle s'est levée si fière, et s'est reposée si généreuse, venant de donner au monde l'exemple du déploiement le plus légitime d'une noble énergie, et celui d'une modération sublime dans la victoire; ce qui saisit d'abord d'étonnement, dis-je, après lecture de votre manifeste, c'est de voir qu'il se rencontre encore en France des hommes assez aveuglés pour venir demander à la législature des lois de prévention, des lois d'intimidation, des lois d'épouvante, contre une nation à laquelle aucun sacrifice n'a semblé trop lourd, lorsqu'il s'est agi de sa gloire, de son honneur.

Allez, Monsieur, c'est ne pas connaître la France que de venir faire à son nez le croquemitaine législatif; la France, il est vrai, n'est point à son état viril ; des insensés la compriment et voudraient l'étioler; mais elle n'est pas restée non plus à son état d'enfance, et les rodomontades ne lui font pas peur; elle ne demande qu'un peu de bon vouloir de la part de ceux auxquels ont été livrées ses destinées ; si elle ne veut pas qu'on la comprime, elle ne veut pas non plus qu'on se lasse à la féconder : elle saurait bien, si son allure était libre, croître et se développer.

Vous dites, Monsieur, que le gouvernement, affaibli, se voit forcé de mettre tous ses efforts, d'utiliser toutes ses ressources, à se défendre contre les factions qui se coalisent pour l'attaquer de nouveau, que tous les intérêts souffrent, que tous les esprits s'alarment. — Cela est incontestable. Mais où est l'origine de tout le mal ? — Voilà la question.

La France sortie de 1830 avait conçu l'espoir d'arriver, par les conséquences de sa révolution, à la jouissance de toutes les libertés légales. — Il lui fallut alors une armée, *pour elle,* au lieu de couvents *contre elle*; cette armée s'est trouvée aussitôt sur pied; — Un matériel était nécessaire pour cette armée; elle a eu ce matériel. — On a dû se battre à Anvers et continuer la conquête de l'Algérie, dont on devait aussitôt, disait-on, commencer la colonisation. — Partout, nos troupes se sont montrées braves, dévouées. — A l'intérieur, la garde nationale, appelée à combattre l'émeute, l'a réprimée et a imposé par sa contenance à l'étranger, dont elle a déjoué les calculs.

Aujourd'hui, c'est encore avec la même patience, la même résignation que le pays, dans une longue attente de lois *réparatrices*, dans l'espoir de voir trancher les mille têtes de l'*hydre administrative*, la seule redoutable, de voir enfin diminuer ce budget dont l'énormité toujours croissante a lieu d'effrayer ; c'est encore, dis-je, dans l'exercice des mêmes vertus que le pays fournit au paiement d'impôts-toujours énormes ; budget, impôts, qui ne semblent faits tout exprès que pour servir à repaître des myriades de mendiants politiques, des essaims de grugeurs, fonctionnaires cumulards, sinécuristes, écouteurs aux portes, valets armés, valets sans armes, valets de plume, valets de ville, valets de cour ; gens pour qui le pays n'est rien, et le trésor qui paie est tout ; toujours prêts, comme on l'a dit, à jouir des avantages que leur donne le vice, et à se décorer en même temps des honneurs usurpés de la vertu. — Puis la curée faite, rien pour le peuple, rien pour la France, si grande, si généreuse, et si digne d'avoir de bonnes lois, des lois constitutionnelles, dans le sens grave du mot, lois qu'elle réclame depuis cinq années.

Me direz-vous, Monsieur, que les ministres depuis 1830 aient fait autre chose que leurs affaires personnelles ? — Ne venons-nous pas d'en avoir un exemple scandaleux sous les yeux ? Et maintenant et comme en passant et sans conséquence, ce sont les intérêts de famille dont les gouvernants prétendent s'occuper.

Réfléchissez à tout cela, Monsieur, et ne cherchez pas ailleurs la cause du mécontentement qui fait son tour de France, vous l'aurez trouvée.

Et qu'on ne vienne pas nous jeter dérisoirement à la face

les mots d'*amélioration obtenue*, de *progrès lent*, et autres mauvaises facéties, lorsque ce qui dure depuis six ans répond si peu à ce que nous avait fait espérer Juillet 1830 !

Ne devait-on pas s'attendre alors, comme il en avait été question, à la réduction des gros traitements, et à une rémunération plus équitable des petits emplois, de ceux du moins reconnus vraiment utiles ? — A une révision profonde et complète de notre monstrueux arsenal de lois ? — Au civil surtout, où la justice ruine souvent celui qui la demande, et *n'est pas* pour le pauvre qui ne peut la payer ? — A la suppression des ponts-et-chaussées, cette inutilité dont les ponts n'ont que faire pour s'élever et enjamber les rivières, et dont les chaussées et les canaux se passeraient sans réclamation ? — A la *suppression*, tant demandée, de sinécures et de *certains* cumuls ? — A la disparition des colonnes du budget du prix exorbitant de ces immenses hôtels où fourmillent les rongeurs ? — A la *suppression* du conseil-d'état, cette institution anti-nationale? — A l'établissement de routes, canaux, chemins de fer, dans des rayons sagement tracés? — A une sérieuse et complète colonisation de l'ex - régence d'Alger ?

Voilà, Monsieur, parmi les choses à créer, celles à refondre et celles à mettre au rebut, un échantillon fort présentable des améliorations auxquelles la France s'était attendue, et qu'elle désire encore ; on n'en saurait douter.

Or, si l'on fût entré franchement, dès le principe, dans cette voie de progrès, on n'en serait pas à venir demander aujourd'hui la cause de l'exaspération passée et de l'indifférence et du dégoût présents. — On aurait pour soi ceux qu'on a contre soi, et parmi les ennemis du gouvernement, les actes des uns n'eussent point reçu leur caractère d'énormité, aux yeux du pouvoir, de l'obscurité de l'inculpé, tandis que le crime, d'un autre côté, était relevé, hébergé, choyé, le tout parce qu'on l'avait reconnu à la finesse de son linge, et qu'on le savait de bonne maison. — On n'eût pas vu ses avances faites au carlisme dédaigneusement repoussées, parce qu'on n'aurait eu d'avances à faire à personne, qu'on aurait eu pour soi la vraie France, la France *française*, et qu'avec celle-là il est permis de se croire fort, même d'être fier d'une telle force, et que la force ne mendie pas et ne s'humilie pas.

On n'eût pas vu, toujours dans mon hypothèse, M. Persil, dans ses réquisitoires, signaler du doigt au jury les têtes qu'il lui fallait, et que le bon sens et l'humanité du jury lui refusaient. — A la suite des impressions laissées par ces errements farouches, l'émeute ne se serait point formée et grossie, elle ne se fût point armée, et la rue n'eût pas vu son pavé teint du sang de jeunes braves exaspérés, et qui, s'ils ont eu le tort de n'avoir pas su attendre, ont du moins eu le courage de leur opinion, courage qui eût pu être si bien dépensé au profit de la France !

On ne serait pas venu non plus demander à Paris de vouloir bien se laisser ceindre un joli collier de force en pierre de premier choix, sous le tendre prétexte qu'on voulait, disait-on, le savoir dormant sur ses deux oreilles, libre de toute crainte extérieure ; carcan infernal, qui l'eût saisi à la gorge et lui eût arrêté la parole au passage, s'il eût élevé la voix trop haut dans ses réclamations contre un attentat aux libertés du pays. — On n'eût point parlé de cela à la bonne ville, parce qu'on n'aurait pas eu à concevoir de pensée de contrainte contre elle. — Après tout, Monsieur, un peuple comme nous peut-il être contraint ? — L'opinion, en se prononçant alors, a bien donné la mesure des choses.

C'est de cette époque que l'enthousiasme a cessé.

Toujours hypothétiquement, on n'eût pas eu de guerre en

Vendée ; ou, en admettant qu'elle eût été possible, elle n'eût pas été durable; Lamarque nous a montré, dans le temps, par sa conduite ferme et modérée, comment on traite ces choses-là quand on veut en finir. — Des considérations envers un parti anti-français n'eussent pas prévalu. — C'est une chose vraiment triste, Monsieur, que ces combats d'intérêts de famille, qui mettent si souvent les peuples sur les dents, bonnes gens qu'ils sont ! — Cette guerre n'eût pas duré quatre ans, quatre ans ! Monsieur ; et le gouvernement disposait de tous les moyens possibles d'action ! — Oui, mais la logique du système voulait qu'on ménageât les gros* *attiseurs du feu*, qu'on les flattât même pour les ramener à soi, s'ils étaient *ramenables*. — « *Un blanc sera toujours blanc,* » a dit, vous le savez, un homme d'une certaine carrure politique. — On ne leur demandait pas, me direz-vous, de changer de couleur, on les invitait à changer de camp. — C'est vrai.

Et vous êtes étonné, après tout cela, quand le mieux n'est pas même en ébauche, qu'une grande inquiétude règne dans le pays ?

Et puis, quelles garanties, je vous le demande, peut-on trouver dans ces tiraillements, ces débats incessants de portefeuilles ; dans l'aveu que fait chaque ministère, à son entrée, de l'ignorance où il est de l'état où les choses lui sont laissées ? — Pourquoi, à chaque dislocation de cabinet, ces intervalles d'un mois, sous le prétexte de consulter l'opinion, dont on se moque avec tant de cynisme ? Et le tout, pour arriver à l'heureux choix de noms que le pays repousse de sa haine, ou flétrit de sa pitié. — Pourquoi si longtemps sur la scène politique, ou dans la coulisse, si ce n'est à la rampe, des hommes aussi impopulaires, aussi exécrés que MM. Guizot et Persil ? — Les ennemis que ces hommes ont faits au gouvernement du roi, et ceux qu'ils lui font chaque jour, ne sont-ils donc pas encore assez nombreux ? — Oh ! quel aveuglement, Monsieur !

Réfléchissez, Monsieur, à toutes ces choses, que je ne puis traiter ici qu'en courant, et vous verrez que ce n'est pas dans ce qu'on s'obstine à appeler le *mauvais esprit* du pays qu'il faut prétendre trouver la cause du mal. — Il n'y a là personne à effrayer, ni rien à prévenir ni à réprimer violemment. — Il y a à cesser de faire de la passion, pour commencer à faire de la justice. — La cause de tout le mal est dans le misérable emploi qu'ont fait du pouvoir les hommes auxquels il a été délégué depuis juillet 1830.

A l'extérieur, pourquoi n'avoir pas abordé franchement la question espagnole ? — Pourquoi avoir consenti cette seconde Vendée, où d'autres que nous ont su si bien mettre un enjeu avec des chances de gain ?

En Portugal, pourquoi n'avoir porté qu'en haut et si maladroitement ses sympathies ? — Il me semble pourtant avoir aperçu là, un jour, des hommes, des citoyens ! — Pourquoi cette marche lente et tortueuse dans les affaires d'Alger ? cette indécision, ou plutôt ce triste déguisement d'une décision prise peut-être déjà depuis longtemps sur des choses, on peut le croire, secrètement préjugées ? — Pourquoi ne pas s'exprimer *une fois ?* — Pourquoi cette attitude jésuitique entre la France, qui veut la colonisation, qui en recueillerait de si grands fruits, qui ne cesse d'exprimer des vœux à cet égard, et l'Etranger qui nous envie cette possession, qui ne cherche qu'à nous y susciter des obstacles, et qui attend avec tant d'impatience l'instant où nos gouvernants auront la force, si je puis le dire, d'accepter une honte complète, en prononçant le mot *abandon ?* — Pourquoi ces moyens infâmes et sous une apparence légale, qui tendaient à avilir, aux yeux du pays, un chef militaire, qui jusque-là n'avait attiré que l'estime et le respect?

Tout cela, Monsieur, la France se le demande; et chez une nation où le sérieux l'emporterait, des ministres sur qui pèserait l'imputation de pareils méfaits auraient à répondre à la barre d'actes publics aussi blâmables.

Le Portugal, nous le laissons, sans conteste, tant s'en faut, s'abâtardir et s'anglomaniser; l'Espagne, nous assistons à son déchirement les bras croisés; le Nord, nous l'écoutons qui compte son monde, et le regardons qui boutonne ses guêtres pour la grande partie. — Chez nous, nous nous défions de nous-mêmes, placés que nous sommes entre les gouvernants qui arrondissent leurs bordereaux, et l'ouvrier exténué dont la mort vient régler les comptes. — Et nous en sommes là, séparés seulement par six années d'une révolution qu'on aurait pu rendre si féconde!

Ah! il est presque ridicule, n'est-ce pas? si le vrai patriotisme pouvait jamais l'être; mais il est certainement séditieux, penserez-vous, Monsieur, de venir parler aujourd'hui de libertés à réclamer, d'améliorations à obtenir, de changements administratifs à opérer, à l'épaisseur où nous sommes plongés du bourbier public, à la profondeur où nous commençons à croupir, las enfin d'y patauger.

Maintenant, à l'intérieur, qu'y voyons-nous?

La garde nationale *administrative*; car nous en avons une que l'administration nous fournit. — Là-dessus, que n'aurait-on pas à dire?

N'a-t-on pas vu, ne voit-on pas des salariés du gouvernement, grands et petits, s'aplatir à l'envi, pour saisir les grades de cette garde, dite civique; employer, pour parvenir à ce but, toutes sortes de complaisances et de bassesses; descendre jusqu'au mensonge le plus misérable, jusqu'à la calomnie, pour *essayer* de salir aux yeux de ses concitoyens quelque honnête officier patriote qui les gêne, et qui, parce qu'il aura pris au sérieux les mots *garde civique, institution nationale*, comprenant par-là que cette garde devrait être réellement la garde *du pays*, la garde *d'elle-même*, de *ses intérêts généraux*, se sera trouvé, porté par une élection consciencieuse, et fort désagréablement pour eux, sur le chemin de ces salariés, dont l'un, fonctionnaire hautement rétribué, ne trouve pas d'expédient plus à sa portée, pour rétablir dans son budget un certain ordre qu'une réduction de 25,000 francs venait de troubler, que de supprimer quelques employés pauvres diables, d'en diminuer d'autres déjà piètrement rétribués ; et par contre, de porter à son compte, et pour arrondissement d'aspérités, un surcroît de 4,000 francs environ, et de faire créer, au bénéfice de monsieur son fils, un emploi aux appointements de 10,000 francs, faveur accordée au père en récompense de *services* rendus dans la garde *civique* ; dont l'autre, chevalier de la Légion-d'Honneur, demande, à la faveur de son grade *civique*, de passer officier dudit ordre, verrait sans peine sa fille admise à Saint-Denis, et pense que ce serait vraiment lui faire justice que de lui consentir une petite augmentation, dont il indique le chiffre, sur ses émoluments ; et va même jusqu'à croire que si, par l'effet d'une retraite naturelle ou autre, la place de chef de division venait à vaquer, il ne serait point indigne de s'y asseoir, etc., etc., etc.? On pourrait citer des exemples nombreux, tous de la même force.

Et la croix, Monsieur, c'est une belle chose gouvernementale ! — Voici quelque chose qui y a trait. — On la postule, on l'obtient, cette croix ; on l'a enfin, non comme employé, mais comme officier de la garde nationale. On se l'agrafe aussitôt ; mais on se gardera bien de dire pourquoi et comment on l'a eue (ce serait quelquefois fort drôle) : ce sera pour ses *bons* et *loyaux* services.... administratifs ; c'est-à-dire , qu'on aime mieux faire supposer (ce qui a bien son côté plaisant aussi), que c'est pour avoir, pendant vingt ans , exposé des fonds de culotte aux frottements du fauteuil bureaucratique, qui lui seul n'a pas varié.

Voilà , Monsieur, une des causes du dégoût de la garde nationale.

Pour en revenir maintenant à quelques points importants , que je n'ai , comme tout le reste , fait qu'indiquer, et que je n'ai point la prétention de traiter à fond ici : aux Ponts-et-Chaussées , par exemple, que des adjudications particulières remplaceraient si bien , si avantageusement au plus grand profit des contribuables , que de travaux je vois mal conçus , mal faits, faits inopportunément, sans une connaissance préalablement acquise des localités , sans ménagement des intérêts commerciaux particuliers. Mais cela s'explique : avec ces travaux, et pour ces travaux, viennent les maniements de fonds , qui facilitent bien des arrangements. — Et comment se font ces travaux ? — D'une manière onéreuse pour la nation, et au mépris souvent des avis les plus sensés. Car j'en ai vu faits par les *soins* de cette administration s'écrouler deux jours après leur clôture ; j'ai vu creusés, toujours par les mêmes soins , des bassins, à la construction desquels les gens sages du pays s'opposaient , prévoyant leur inutilité bientôt constatée par l'événement , et engloutir des sommes énormes dont l'emploi était au seul avantage de ces messieurs.

On voit habituellement , lors des réparations à faire sur une ligne de canaux de Paris à la frontière, la navigation interrompue pendant cinq à six mois ; parce qu'au lieu d'entreprendre en même temps sur la même ligne les réparations à faire, ce qui ne demanderait qu'un mois, six semaines d'une suspension générale de la navigation, **MM**. les ingénieurs ne se mettent à l'œuvre que l'un après l'autre dans chaque département. — **Je** pourrais citer par mille les exemples de faits de cette administration qui serviraient à donner le poids de sa charge et la mesure de son inutilité.

Que me direz-vous, Monsieur, de l'effet produit sur l'opinion par la soustraction du prince Louis à l'action des lois, et de ce désir si vif d'une condamnation ailleurs? — **Est-ce** là de la justice, ou plutôt y a-t-il deux justices, ou plutôt encore la justice n'est-elle qu'une chose de circonstances et de personnes?

Et la bonne foi des jurés de Strasbourg suspectée! — Cependant quel jury indépendant eût prononcé autrement en France! — Si les jurés eussent dû exaucer les vœux du ministère dans cette échauffourée, les accusés étaient, rigoureusement parlant, condamnés avant jugement, sans jugement réel; alors tout ce déploiement de formes judiciaires devenait une pure comédie; et la justice n'était plus qu'un mot vide de sens!

Enfin, Monsieur, pour clorre une lettre déjà bien longue, je dois nécessairement vous ramener à l'étonnement où semblent vous mettre les appréhensions qui se manifestent dans le pays, au sujet des lois de disjonction, de non-révélation, de déportation, d'apanage, du million de la reine des Belges, des 40 millions de foncier au duc de Nemours, des 300,000 fr. par an sur le grand-livre, et des lois qui doivent suivre pour le duc d'Orléans à l'occasion de son mariage, puis de celles que nécessitera l'état des autres princes et princesses et des 30 millions *à propos* du château de Versailles; — absolument comme si le commerce n'était pas dans une crise affreuse, comme si Lyon n'était pas en France, comme si l'impôt n'était pas déjà écrasant.

Monsieur, vous avez raison , cet état de choses doit changer, ou le gouvernement marcherait inévitablement à sa perte.
— Vous avez encore raison en alléguant que nous manquons
de lois , mais de lois justes , mais de lois d'ordre, mais de lois
d'économie.

Et, s'il était vrái, comme MM. Guizot et Persil , de re-
poussante doctrine , nous l'ont dit en battant des mains, que
la maxime : le roi règne et ne gouverne pas, ne fût point une
chose de pratique, et qu'on dût faire remonter plus haut
qu'eux la cause des perturbations qu'un fatal système a jetées
dans le pays. — Si cela était , ce que je ne puis croire, et s'il
m'était donné de paraître en présence du roi , porté que je
suis vers lui et sa famille par les sentiments d'une affection
désintéressée ; et avec la franchise d'un paysan du Nord , je
lui dirais : Sire , si, comme on le prétend , et comme vos ministres vous en glorifient, vous prenez une part directe et
efficace au gouvernement de l'état, quittez promptement une
route dangereuse ; revenez , Sire , à ce que vous auriez dû ne
pas quitter ! — Non , Sire, rien d'humain n'est immuable, et
vous n'avez pu monter au trône avec des idées de gouvernement qui ne dussent pas varier. — Sire , répudiez un tel système ; tournez-vous tout entier du côté du pays ; donnez-lui les
libertés qu'il réclame ; arrêtez promptement parmi nous les
effets de cette lèpre qui menace de tout pourrir. Puis , Sire ,
de la clémence ; il y a aussi de l'égarement à côté du crime
dans les cachots. — Et tous retourneront à vous, comme
vous nous serez revenu ; et vous aurez resserré des liens qui
menaçaient de se détendre , et que rien désormais ne pourra
briser.

Voilà , Monsieur, ce que je dirais au roi.

Vous voyez qu'il n'y a dans tout ceci rien qui ressemble à
de l'emportement, à de la violence.

Vous m'avez fait votre profession de foi, vous avez maintenant la mienne; et je vous laisse à juger si, après comparaison faite de l'une et de l'autre de ces confessions, vous devez encore espérer de me compter parmi les abonnés à votre feuille.

Dans l'état d'esprit où je vous sais, permettez que je décline, en terminant, votre compétence dans la question.

C'est de la sérénité qu'il faut à la France.

Si vous êtes venu à Paris, Monsieur, tout exprès pour prêcher vos doctrines, vous auriez pu vous dispenser de quitter Bordeaux.

J'ai l'honneur, Monsieur, de vous saluer,

HOCHARD,

Electeur , Eligible,

8, rue du Vieux-Colombier.

IMPRIMERIE DE Mme PORTHMANN,
RUE DU HASARD-RICHELIEU, 8.

www.ingramcontent.com/pod-product-compliance
Ingram Content Group UK Ltd.
Pitfield, Milton Keynes, MK11 3LW, UK
UKHW020159080726
13614UKWH00006B/2582